AF603210

LA PEINTURE

POËME.

LA PEINTURE

POËME,

TRADUIT DU LATIN

Du P. MARSY, olim *Jesuite.*

Le prix est de douze sols.

Chez { MOREL, le jeune, grande Salle du Palais, au Grand Cyrus.
MERIGOT, Quay des Augustins, à Saint Louis.
PRAULT, Fils, Quai de Conti, à la Charité.

M. D. C. C. XL.

AVEC APPROBATION.

AVERTISSEMENT.

IL paroîtroit qu'on s'y prend un peu tard pour donner aujourd'hui la Traduction d'un Ouvrage publié il y a quatre ans, ſi les belles choſes pouvoient vieillir & n'avoient toûjours pour les Gens de goût la grace de la nouveauté. Le Poëme du P. Marſy ſur la Peinture parut en 1726, & il fut alors tellement goûté, tellement célebré par les Journaux qu'on avoit lieu d'être ſurpris que perſonne ne ſe fût aviſé de le traduire au moins en faveur des Gens de l'Art qui n'entendent pas la langue de l'Auteur.

Mais ſi cet ingenieux Ouvrage moins rempli de préceptes que d'agrémens n'exigeoit point pour cette entrepriſe une profonde connoiſſance de la Peinture, il y avoit d'un autre côté moins d'avantage à le traduire qu'un Ouvrage purement

didactique

didactique. Car il est certain que dans un Poëme où brillent principalement l'esprit & l'imagination, plus il y a de feu, d'enjouement, d'harmonie, de tour & d'expression, plus on est comptable au Public estimateur jaloux du mérite & de la beauté des Originaux. Frapez des graces du Poëme Latin, nous avons senti la difficulté de les transporter dans notre langue, mais nous avons crû que si notre version n'étoit qu'une foible copie d'un beau Tableau, on nous sçauroit au moins quelque gré d'en avoir fait connoître l'ordonnance & quelques autres parties aux Personnes qui ne peuvent les voir dans l'original. On sent que le P. Marsy a puisé le didactique de son Ouvrage dans le Poëme de Dufresnoy, mais bien loin d'etre son copiste, il s'est fait, pour ainsi dire, une maniere propre, & il a envisagé son objet du seul côté que ce grand Peintre semble avoir négligé à dessein. Ainsi en même tems que le nouveau Poëme

sert

sert de pendant à celuy de Dufresnoy, il fait un contraste interessant pour ceux qui ont l'un & l'autre sous les yeux. Dufresnoy renonçant à plaire voulut sacrifier l'agréable à l'utile & certainement son Ouvrage l'emporte pour la solidité. Le P. Marsy en ne prenant que la fleur de son sujet a sçu repandre dans son Poëme tout l'enjouement, toute l'amenité dont la matiere étoit susceptible. Le Poëme du premier, fruit de l'experience d'un grand Maître, contient dans sa brieveté toute la théorie de son art, un cours de Peinture complet. Celuy du P. Marsy n'est proprement qu'une Peinture continuelle, une suite de Tableaux rians dont l'aimable varieté étend, nourrit, eleve l'imagination. Quant au stile de ces deux Ouvrages, la maniere de Dufresnoy, si j'ose user de cette expression, est mâle & severe : sa Latinité est très-pure & formée sur celle de Lucrece, on y sent une maturité & une teinture d'Atticisme qui se trouvent peu dans

les

les Ecrits modernes : la Latinité du P. Marsy est délicate, élegante & choisie, sa versification est harmonieuse & toute sa Poësie en général très-superieure à celle de Dufresnoy.

LA PEINTURE POËME, TRADUIT DU LATIN.*

Dedié à M. DE NICOLAY, *Premier Président de la Chambre des Comptes.*

'ENTREPRENDS de chanter la PEINTURE, & je vais retracer dans mes vers les ſecrets de cet Art enchanteur, l'invention, le deſſein, le coloris, la

A distribution

* Le Poëme Latin publié en 1736. ſe vend chez Le Mercier, Imprimeur-Libraire, ruë Saint Jacques, au Livre d'or.

diſtribution des lumieres & des ombres, les ſources du Beau, & l'Expreſſion qui donne la vie à la Peinture. Muſe donne moi des couleurs & un pinceau dignes de mon ſujet; & vous l'honneur & l'apui de ma Lyre, vous qui ſoûtenez mon eſſor timide, ſouffrez que nos jeux vous délaſſent des penibles travaux de Themis : venez préſider à cet Ouvrage. Déja la Muſe qui m'inſpire a déployé ſes Pinceaux, ſes Palettes ; ne dedaignez point de vous amuſer à marier agréablement, à fondre avec moi des couleurs, & quittez un inſtant la balance pour mettre la main au craïon. Aujourd'hui Chantre d'Uranie, peut-être un jour devenu ſon éleve, eſſayerai-je de vous peindre vous-même, de répréſenter ces traits auguſtes, cette dignité naturelle & ces graces dont l'accord brille ſur votre front, ces

yeux

yeux dont la douce majeſté attire le reſpect & la confiance, ces levres d'où coule l'éloquence avec tous les charmes de la perſuaſion, enfin ces mains qui ſembloient deſtinées à porter les foudres de Mars, ſi Themis à l'envi de Bellone ne leur eût confié ſa Balance héréditaire dans votre Famille.

Avant qu'un Peintre commence à former des figures ſur la toile, il doit avoir bien medité ſur toute l'étenduë de ſon art. Il faut d'abord conſulter ſon genie, & choiſir un genre pour lequel on ſoit né ; car les divers genres de la Peinture exigent des talens divers : un genie élevé traite de grands ſujets, un genie d'un ordre inferieur veut des ſujets à ſa portée : chacun a ſon talent particulier, talent decidé dès ſa naiſſance.

L'un puiſant dans les ſources abondantes de l'Hiſtoire, aime à répréſenter des armées ennemies au fort d'une affreuſe mêlée, un champ de bataille couvert des débris d'un combat ſanglant, des Citadelles en proye aux flâmes, des femmes eperduës & tremblantes, des enfans maſſacrés inhumainement & qui expirent dans les bras d'un pere & d'une mere éplorés.

L'autre épris de la ſimple nature peint des troupeaux, de riches moiſſons, de riantes prairies, des Chevres ſuſpenduës du haut d'une roche, des danſes champêtres, ou une Bergere qui revient de la Ville & qui ayant vendu ſon laitage, raporte gaïement ſa cruche vuide ſur ſa tête.

Un autre nouveau Promethée fait des portraits animés & vivans. Il ſçait multiplier les peres aux yeux de leurs tendres enfans, & les enfans aux yeux de leurs peres. Il rend à une épouſe deſolée ſon cher

époux

époux toûjours présent, il le fait revivre après sa mort, & par les prestiges de sa toile, il adoucit de véritables douleurs.

Celui-ci sous la voute d'un vaste Portique jette d'une main prompte & hardie sur un enduit encore tout humide, des figures qu'il termine aux premiers coups. Tantôt il nous peint des mers où s'élevent des rochers dans l'éloignement; tantôt il peint des Palais qui semblent fuir & percer au loin dans l'enfoncement d'un peristile & qui trompent agréablement la vuë. Tandis que d'un autre côté un Peintre en petit sçait réduire & resserer dans un champ étroit tous les objets que la nature lui présente en grand. Par son art un morceau de velin offre en racourci le tableau du monde. Peinture à fresque.

Celui-là qui donne dans le Calot & dans les fantaisies du grotesque, se plait à égaïer ses tableaux de perſonnages ridicules. Tantôt il nous répréſente une Vieille le front tout ſilloné de rides, qui porte ſur ſon dos vouté le burleſque attirail de la gueuſerie. Ses genoux cambrés forment deux courbes : on voit grimacer ſon viſage d'un air pittoreſque & malin, & elle ſemble ſe moquer elle-même de ceux que divertit ſa figure. Tantôt c'eſt un Cabaret de campagne où l'on a peint un repas ruſtique ſervi tout ſimplement ſur un ais. L'un eſt aſſis ſur un tonneau, l'autre ſur une vieille eſcabelle ; un troiſiéme appuyé ſur ſes coudes ſe panche entierement ſur la table. Celui-cy boit, celui-là chante, & pour achever le tableau, des Payſans forment une danſe avec des filles du Village, tandis que l'Orphée du canton les regale des ſons de ſa vielle.

De quelque côté que vous vous tourniez, quelque genre que vous

embraſſiez

embrassiez, saisissez toûjours ce que la nature offre de plus beau dans les divers objets qu'elle étale partout à vos yeux, & copiez-le fidelement. C'est peu de peindre la nature si vous ne la peignés en beau, si vous ne la montrez riante & sous le plus aimable aspect. Si vous peignez des fleurs qu'elles soient dignes d'orner la tête même de Flore, si vous representez des fruits qu'ils puissent faire envie à Pomone & parer ses riches corbeilles. Qu'il y ait dans votre tableau de la netteté, un beau cla r, que tout y soit bien prononcé & se développe au premier coup d'œil. Il faut éviter dans un tableau le trop grand nombre de figures, qui n'étant pas bien demêlées n'y jettent que du trouble & de la confusion. Toutes ces figures par leur concours forment entre-elles une espece de conflit, & trop entassées, elles s'écrasent ou s'estropient néceſſairement. Loin ce déſagréable fracas, mais que dans le paiſible champ de votre toile regne un doux repos, un ſilence aimable. Comme dans les Piéces Dramatiques une ſeule action remplit toute la ſcene, il faut de même dans un tableau obſerver l'unité d'action, & que cette unité fixe d'abord l'imagination en frapant les yeux. Obſervez encore les convenances & les bienſéances de votre ſujet. Ne faites point un mélange monſtrueux du profane & du ſacré, de l'hiſtoire & de la fable, du ſerieux & du groteſque. On n'a point paſſé à Michel Ange l'aſſortiment bizarre & hardi de ſon Tableau du Jugement dernier, où répréſentant la fin du monde & les circonſtances de ce jour terrible, il introduit toutes ſortes de Spectres, des figures monſtrueuſes & de fantaſie, même des objets obſcênes ſcénes & des nudités, avec les furies & le vieux Caron qui raſſemble les Ombres dans ſa Barque & qui vogue ſur le Fleuve des Enfers. A la vuë d'un pareil mélange la Pieté fut ſaiſie d'horreur, la Religion indignée s'enfuit, la Verité detourna les yeux & la Pudeur ſe couvrit le viſage. Mettez toujours dans vos Tableaux de l'eſprit, de la grace & de la fineſſe, c'eſt principalement par ces parties que les Chef-d'œuvres de la Grece firent les délices de leurs ſiécles.

Parlerai-je des Raiſins de Zeuxis, (*a*) du Rideau de Parrhaſius, (*b*) de

(*a*) Zeuxis d'Heraclée, célébre Peintre, qui fleuriſſoit vers le tems de la guerre du Pelopponeſe dans la 90e. Olympiade, avoit peint des raiſins que les Oiſeaux venoient bequeter : mais comme ils étoient portés dans une corbeille par un petit païſan, il falloit, diſoit-on, que le jeune garçon fût bien mal peint pour ne pas effrayer les oyſeaux.

(*b*) Parrhaſius d'Epheſe, contemporain & rival de Zeuxis peignit un ſimple rideau ſi admirablement que Zeuxis même l'étant allé voir, y fût trompé de l'admirable Venus d'Apelle ? [a] ferai-je ici la deſcription de cet ingenieux Tableau de Timante, [b] où il avoit peint en petit un Cyclope endormi ſur le gazon ? On le voïoit entouré de Satyres, les uns épouvantés de ſa taille énorme paroiſſoient reculer à ſon aſpect, d'autres le conſideroient avec une attention mêlée d'étonnement ; l'un ſaiſi de fraïeur reſte immobile, l'autre prend la fuite, celui-ci garde le ſilence, celui-là ſemble parler tout bas. Quelques-uns ſe gliſſent doucement

& voulut tirer ce rideau pour découvrir ce qui étoit deſſous.

(a) Apelle de l'Iſle de Cô, peignit d'après Compaſpe, ſa maîtreſſe, la Venus Anadyoméne ou ſortant de la mer dont Auguſte fit ſolemnellement la Dédicace dans le Temple qu'il conſacra à Jules Céſar.

(b) Timante étoit du même tems que Parrhaſius & remporta ſur lui le prix de la Peinture à Samos. Le ſujet de leurs Tableaux étoit la diſpute d'Ajax pour les armes d'Achille, ce qui fit dire qu'Ajax étoit bien malheureux d'avoir ſuccombé deux fois dans la même conteſtation.

ment & d'un pas timide auprès du Cyclope, & ils essayent de toiser ses bras & ses doigts avec un Thyrse.

On naît Peintre comme on naît Poëte par un pur don de la nature; n'allez donc pas prendre le Pinceau malgré Minerve, ni vous aprocher témerairement des sources sacrées de la Peinture, si vous n'avez reçû en naissant une portion de ce feu celeste qui fait les Poëtes & les Peintres, si vous n'avez l'imagination également vive & fertile, si la nature ne vous a donné ce génie créateur, ce génie artiste, qui, rival en quelque façon de l'Auteur même de la nature, sçait démêler & assortir les élemens du coloris auparavant confus & informes, imprimer le mouvement & la vie à des sucs grossiers, les organiser, pour ainsi dire, & les changer en une infinité d'objets, fideles copies des

des êtres divers. C'eſt par ce pouvoir enchanteur que le Peintre animant la toile lui commande à ſon choix, tantôt d'enfanter des hommes qui ſemblent reſpirer ſous le pinceau, tantôt de couvrir la terre de verdure. Il ordonne & tout à coup on voit à ſon gré couler des Fleuves, croître des Arbres, s'elever des Montagnes, & des Vallons ſe creuſer à leurs pieds. Tantôt d'un vol hardi prenant l'eſſor juſqu'aux cieux, & laiſſant la terre ſous ſes piés il franchit les murs enflamés du monde, pénétre au ſanctuaire immortel, va contempler la Divinité juſque dans le ſejour de la gloire, & ſous des traits vifs & frapans nous en retrace la Majeſté.

Il a été queſtion juſqu'ici de l'invention du ſujet & des divers objets de la Peinture, il faut à préſent commencer à former les premiers traits ſur la toile & à eſquiſſer votre Tableau.

Partagez

Partagez d'abord le champ de votre toile en obſervant de juſtes proportions, de maniere que toutes vos figures, dans un parfait équilibre entr'elles, ſoient balancées ſur leur propre centre, & qu'elles occupent un eſpace égal relativement les unes aux autres. Il faut que la principale figure ſoit placée au milieu pour fixer ſur elle les yeux des Spectateurs, & qu'elle ſe démêle des figures ſubalternes. Rejettez au fond du Tableau, ou ſur les côtés de la toile, toutes celles qui ne doivent pas faire un grand effet ni frapper la vuë. Que le Peintre, bon anatomiſte, s'attache à marquer correctement l'inſertion des veines, ainſi que le mouvement des muſcles, des tendons & autres ligamens qui forment la ſtructure des membres. Cette préciſion eſt néceſſaire ſurtout ſi l'on répréſente un corps dans un état violent, dont les efforts font enfler les nerfs. Ainsi Raphael *dans son Tableau de la Transfiguration*, a peint *au pié de la montagne avec les Disciples de J. C.* un Démoniaque tourmenté par l'esprit malin tout hors d'haleine. Ses bras se roidissent avec violence, sa poitrine elevée semble haleter, tous ses muscles sortent & paroissent, & ses membres nerveux sont gonflez par une forêt de veines dont les rameaux se croisent & se replient les uns sur les autres. Tout le reste de la figure de cet Energumene est conforme : sa peau paroît dessechée & tenduë, ses cheveux sont herissés, il a la vuë égarée, tout son visage est en action & grimace horriblement, on croit presque entendre ses cris.

Que dans toutes vos figures les membres répondent à la tête, la tête aux membres & le tout au corps. Que chaque figure en elle-

même

même ſoit d'accord, & que toutes le ſoient entr'elles. Il faut avec cela qu'elles ſe contraſtent, c'eſt-à-dire, que toutes vos figures, en concourant par leur aſſemblage à l'harmonie de votre Tableau, ſe débroüillent les unes des autres par des attitudes differentes, que les membres ſe traverſent réciproquement ſans s'embaraſſer, & que de toutes ces oppoſitions il réſulte un conflit paiſible où, pour ainſi-dire, toutes vos figures ſe battent enſemble ſans ſe détruire.

Que vos draperies ſoient amples, jettées noblement & de grande maniere, que les plis en ſoient larges & aiſés; qu'elles ſoient legeres & flotantes, qu'il y ait peu de creux: qu'elles voltigent comme la flâme, qu'elles ſe briſent mollement comme l'eau, qu'elles tournent avec grace en ondoyant, & qu'elles effleurent délicatement vos figures

Sveltes. Il

Il faut qu'un Tableau ſoit borné dans ſon étenduë, que tout le ſujet ſoit renfermé dans les limites de la toile, & que par une mauvaiſe ordonnance il ne paroiſſe point promettre aux yeux plus de choſes qu'il n'en montre effectivement. Ne négligez point d'obſerver la difference des habillemens, & celle des airs, ou de la figure ſuivant les differentes nations. Ayez ſoin pour cela de conſulter l'hiſtoire des peuples, les anciens monumens, les bronzes, les médailles, les bas reliefs & les Statues. Il eſt encore bon de rechercher les débris des anciens Edifices enſevelis dans l'obſcurité, & d'étudier ces doctes ruines.

Il fut un tems (l'âge d'or des arts) que la Peinture & la Sculpture ſa ſœur habitoient dans les Palais des Rois. Elles regnoient autrefois à Rome; l'une ornoit l'enceinte des Places publiques de Groupes & de

Statues

Statues de Marbre : mere des Divinités, elle donnoit des Dieux au Capitole, & montroit au peuple frappé de crainte, le Jupiter tonnant qu'elle-même avoit fait & dont la Statue étoit d'or. L'autre décoroit ou les superbes Vestibules des Nobles de Rome, ou des Bains publics, ou de vastes Théâtres. Elle peignoit les Temples & les Dieux, ou réprésentoit les traits de l'Empereur, plus réveré que tous les Dieux & la premiere Divinité de Rome. Mais aussi-tôt que les Barbares eurent inondé l'Italie, [a] tous ces Dieux furent ensevelis sous les ruines de leurs Temples, comme les Citoyens sous cel-

[e] Rome fut saccagée successivement par Alaric Roi des Gots, par Odoacre Roi d'Italie, par Genseric Roi des Vandales, & par Totila.

L'irruption des Gots sous la conduite de ce dernier arriva vers l'an 545. sous l'Empire de Justinien, ils mirent le feu à la ville de Rome qui fut presqu'entierement consumée en treize jours.

les de leur Ville. Alors les Arts s'enfuirent de Rome, la Peinture arracha des flâmes qui dévoroient ses riches Lambris, quelques Tableaux à demi consumés, reste hélas ! peu considérable des travaux immenses de tant de siécles. La Sculpture de son côté sauva quelques débris de ses Colomnes, de ses Portiques, de ses Arcs de triomphe, quelques Statues arrachées précipitamment de leurs pieds d'estaux, la plûpart toutes mutilées, & elle confia ce dépôt à la terre. Depuis ce tems ces Déesses des Arts demeurerent cachées dans des grotes & dans de profonds souterrains où elles survivent encore à elles-mêmes, ou elles respirent dans les tombeaux & animent le marbre muet. Ce fut là l'école de Michel Ange : c'est parmi ces précieux tombeaux, qu'errant pour étudier l'antique, il interrogeoit l'ombre l'ombre ſublime de Rome, & qu'il trouva ces grands modeles dont les traits brillent dans ſes Ouvrages. Tel dans les Vallons de la Phrygie un jeune Aigle encore ſans plumes, échapé de l'aire pour la premiere fois, parcourt les bois du Mont Ida cherchant les lieux les plus profonds pour y trouver quelque nourriture. Il déchire la terre, il foüille dans ſon ſein, & il en tire des ſucs cachés, principes de vie & de force : ſes membres par ce moyen acquierent chaque jour une vigueur nouvelle, un courage mâle excite ſes eſprits, & il parvient dans ces retraites à une vive & verte jeuneſſe.

J'en ſuis aux Couleurs, & je vais montrer la manierre de les broyer & d'en faire le mélange. Les premiers Peintres ne connoiſſoient point d'autres couleurs que le blanc & le noir. Leur blanc n'étoit que de de la craye, & leur noir de ſimple charbon. On trouva peu à peu les moyens de varier le coloris : le Peintre foüilla dans les entrailles de la terre & en tira diverſes matieres dont il ſçut faire des couleurs. Bientôt la pourpre de Tyr teignit les pinceaux de ſon rouge éclatant ; il vint des pays éloignés des ſucs précieux ; on fit ſervir l'écume des Serpens, & l'Inde même tributaire de l'art, enrichit le coloris par la diverſité de ſes terres. Alors la Peinture qui juſques-là manquoit de vie & de lumieres puiſa dans ces couleurs liquides la vie, les lumieres, & l'expreſſion.

Paſſons à l'art de les employer. Il faut d'abord que toutes vos couleurs ſoient broyées avec un grand ſoin, & bien délayées ſur la Palette. Vos couleurs étant bien préparées, il s'agit enſuite de les mêler & de les fondre enſemble de façon

que

que dans ce mélange l'une tempere l'autre. Noyez les clairs dans les bruns, corrigez les couleurs aigres par de legeres, opposez aux couleurs dures des couleurs tendres, en les modifiant de cette maniere & en les rompant l'une par l'autre. Que votre Tableau ne languisse point par trop d'ombres qui l'éteignent, & qu'il ne fatigue point aussi la vuë pat trop de lumiere ; Que les ombres temperent les jours, & que la lumiere tempere les ombres. Comme dans la vaste étenduë du monde il suffit d'un Soleil pour répandre la lumiere : ce qu'il fait inégalement, éclairant davantage les objets qui sont plus près de ses rayons, tandis qu'il jette une lumiere plus foible sur les corps plus éloignés : pareillement dans un Tableau, il ne doit y avoir qu'un centre de lumiere d'où le jour s'écoule insensiblement & se distribuë par degrés en venant toujours de biais. Que les figures reçoivent la lumiere & la réflechissent à proportion de l'éloignement dans lequel elles sont placées. Les objets plus proches de la lumiere doivent nécessairement être plus éclairés, & les objets plus éloignés doivent par conséquent tirer moins de jour. Les corps ronds & ceux qui sont plats veulent des ombres differentes. Il faut les varier selon les objets, & toujours cacher avec art le passage des ombres à la lumiere & celui de la lumiere aux ombres. Qu'il y ait néanmoins un milieu qui pour unir ces extrêmités, participe de l'une & de l'autre, c'est-à-dire, que les jours & les ombres de votre Tableau s'unissent par des dégradations douces & par une espece de crepuscule. Que les clairs tiennent aux clairs & soient tout d'une masse ainsi que les bruns.

Gardez-

Gardez-vous bien de mêler ensemble des couleurs ennemies & incompatibles ; car quoique nous recommandions de varier le coloris, il faut néanmoins qu'il y ait de l'accord & de l'harmonie dans les tons des couleurs, de même que dans un concert, l'art du Musicien sçait accorder des sons disparates, & marier ensemble les dissonances de plusieurs voix. (*a*) N'est-ce qu'une agréable rêverie ? Ou seroit-il donc impossible, du moins au gré d'une imagination poëtique, de combiner (comme on fait les sons) les modules & les tons des couleu[illegible], d'en former une espece de concert, une sorte de simphonie muette, une maniere d'instrument organisé quoique sans tuyaux, & harmonieux sans rendre de sons qui sur-

(*a*) Allusion au Clavecin oculaire du célébre Pere Castel, Jesuite. Voyez son Optique des Couleurs, à la fin.

prit & enchantat les yeux ; enfin une musique oculaire qui charmat les sens des Spectateurs !

Peignez avec legereté & avec tendresse, faites vous une maniere prompte & expeditive. Que tous vos Ouvrages ayent un air aisé, & quand vous aurez terminé avec beaucoup de soin un Tableau, qu'il semble presque ne vous avoir rien coûté : c'est l'effet d'un grand art de ne point se laisser appercevoir ; mais surtout que le gracieux, la belle nature & l'aménité brillent dans tous vos Tableaux, qu'ils respirent je ne sçai quoi d'aimable, & qu'il semble enfin que les graces ayent elles-mêmes conduit votre Pinceau.

Traitez le Païsage avec la légereté qui lui convient : ce genre demande des couleurs gaïes & suaves. C'est ici principalement qu'il faut suivre de près la nature, & qu'elle doit

doit être votre modéle. Que d'agréables ſçênes, que de vives peintures elle offre de toutes parts à vos yeux ! ſoit du côté qu'on voit s'élever le riche Coteau de Surêne, qui commande au loin à toute la campagne, ſoit ſur les bords enchantés de Bercy, ou la Seine forme un ſi beau Canal ; charmée, ce ſemble, & de la vûë du Maître & de l'aſpect du lieu qu'elle-même embellit. O délicieux ſéjour ! habitation digne des Dieux ! O Vallons ! O Vergers charmans ! riantes avenues, Hôte aimable enfin ! quel prix vous dois-je, quelles graces vous rendrai-je pour m'avoir reçû dans votre ſein, pour m'avoir fait goûter un doux repos loin de la foule & du bruit des Villes, pour m'avoir fait couler des jours ſi tranquilles & ſi ſerains ? Conſiderez les couleurs dont ſe peint quelquefois le Ciel, ſoit au matin lorſque l'Aurore ſortant du ſein d'un nuage obſcur montre le vif éclat de ſes roſes, ſoit lorſque le Soleil tout en feu va ſe replonger dans la Mer. Regardez comme Flore & Pomone égayent à l'envi nos Jardins par la varieté de leurs couleurs. Par tout où paſſe leur pinceau, auſſitôt un tendre duvet colore agréablement les Fruits, les Lys éblouiſſent par leur blancheur, un beau vermillon anime les roſes, les violettes étalent leurs douces teintes, la pourpre éclate ſur le raiſin. Je croirois que les Dieux mêmes épris de l'Art de la Peinture nous en ont voulu tracer des modeles. D'un côté nous voyons Iris former avec ſes couleurs changeantes un Arc qu'elle attache à la voute des Cieux; d'un autre côté les Ruiſſeaux roulent à nos yeux des flots d'argent; les Campagnes nous montrent l'or de leurs moiſſons, les Bois, les Prez leurs

leurs differends verds, & les Vignes leur rouge foncé. Diane teint dans les forêts la peau tavelée des Tigres, Flore dans les champs peint la plume des Oiseaux, Neptune émaille au fond des eaux la riche écaille des Poissons, & les Néreides jonchent nos rivages de Coquillages prétieux où leurs mains apliquent les plus vives couleurs.

Poursuivez, Muses, & hâtez-vous de terminer avec moi cet Ouvrage. Ce n'est point assez d'avoir sçu dessiner un corps inanimé, d'avoir formé une figure muette, il faut donner du feu, de la force & du sentiment à cette figure, il faut vivifier tous ses membres. Prenez le flambeau de Promethée, allez dérober le feu du Ciel & imprimez à vos figures un germe celeste, un soufle de vie. Qu'animées d'une mâle chaleur tout respire, tout vive en elles; Que leur attitude soit pleine d'action, d'action, que tout parle dans leurs visages, & qu'une expression moëlleuse, en les nourrissant leurdonne de l'ame. Vous voyez comme les muets expriment leurs diverses pensées par des signes ; tantôt la main fait l'office de la voix, tantôt ce sont leurs yeux qui vous parlent & qui s'expliquent au deffaut de la bouche : un signe ingénieux peint toute leur ame, & elle se produit au dehors avec le seul secours de leurs doits. De même, comme le Peintre ne peut donner la parole à ses figures, il faut qu'au moins dans leur action, il tâche de mettre une sorte d'éloquence, & que sa peinture, en un mot, par la vivacité de l'expression, devienne énergique & parle aux yeux. Apliquez-vous principalement à caracteriser avec verité dans vos figures les passions & les agitations de l'ame. Qu'elles montrent

trent dans la joye un front tranquille & ſerain ; dans la crainte un air égaré, irréſolu, embaraſſé : dans la colere & la fureur qu'elles ayent un aſpect menaçant ; que l'Envie ſoit pâle & livide : Que l'Ambition ait un front hardy : Que la Triſteſſe baiſſe la vûë. C'eſt peu de plaire aux yeux ſi vous ne touchez le cœur. Laiſſez aux vulgaires pinceaux la recherche des froids ornemens. Si vous voulez peindre la déſolation des Peuples de Troye & retracer l'incendie de cette Ville, ne vous attachez point tant à fixer les yeux par l'éclat des flâmes & le brillant des armes, qu'à intereſſer tout à la fois l'ame & les yeux des Spectateurs par des objets vivans & animés. Caſſandre les cheveux épars, arrachée du pied des Autels, Andromaque ſe ſauvant à travers le fer & le feu, & cachant dans ſon ſein ſon fils tremblant ; Pyrrhus agité, furieux ; Menelas transporté de jalousie ; Agamemnon brulant de vengeance, me toucheront infiniment plus qu'une Ville entiere en proye aux flâmes. Voilà l'incendie, voilà les feux que je veux qu'on me répréſente.

Souvent lorſqu'on veut exprimer une paſſion extrême, l'Art eſt en défaut & rebelle au génie lui refuſe même des couleurs. Il faut alors trouver des reſſources dans ſon eſprit & imiter l'adreſſe de Timante, Ce Peintre ayant répréſenté Iphigenie dans l'inſtant qu'on va l'immoler, tremblante & triſtement environnée de ſon Pere & des autresCapitaines Grecs, comme après s'être épuisé dans la ſituation de Menelas ſon Oncle, il deſeſperoit de pouvoir peindre avec aſſez de force toute la douleur qu'il convenoit de donner au Pere, il prit le parti de le répréſenter le viſage couvert

couvert de ſa Robe, en ſuppoſant qu'il cachoit ſes larmes, & par cet expedient il laiſſa imaginer aux Spectateurs ce que ſa toile ne pouvoit exprimer.

Il eſt bon au reſte de varier les caracteres d'une même paſſion ſelon la nature du Sujet qu'on traite. Souvent les mêmes ſituations produiſent des impreſſions differentes qui ſe caracteriſent diverſement. La douleur a plus d'une face, quoiqu'elle ſoit la même partout; le déſeſpoir d'un Heros s'exprime autrement que celui d'un Soldat; un Soldat ne pleure point comme une femme.

Si vous peignez une ſainte Thereſe, gardez-vous d'en faire une Venus, & n'allez pas non plus traveſtir une Madelaine en Laïs. Obſervez bien les caracteres & la verité hiſtorique. C'eſt par-là que le fameux Jule s'eſt diſtingué dans l'E-

cole

cole Romaine & qu'il s'eſt immortaliſé. Cette obſervation des convenances ſe remarque dans tous ſes Ouvrages, ſoit dans les batailles de Conſtantin qu'il a peintes dans le Vatican, ſoit dans le beau Tableau du martyre de ſaint Eſtienne que poſſede une Egliſe de Gênes, ſoit dans le combat des Géans, peint par le même, dans le Palais du T aux environs de Mantouë. Jule, Romain, dans ce dernier morceau voulut appeller, pour ainſi dire, la nature même au ſecours de l'art: car pour rendre en quelque façon cette grande ſçêne au naturel, pour ſurprendre l'imagination & la fraper plus vivement par la verité des objets, il fit conſtruire dans un grand Sallon une eſpece de grotte de pierres brutes mal ordonnées, & jointes enſemble de telle ſorte que les murs ſemblent prêts de s'écrouler avec la voute qui ménace ruine.

Au

Au haut du Plat-fond dans l'éloignement s'éleve le Palais des Dieux au milieu duquel est un Trône d'où l'on voit descendre Jupiter déployant ses foudres vengeurs. Les Vents dechaînés de toutes parts agitent & bouleversent les airs. Cependant parmi les éclairs qui partent du foudre enflâmé, on apperçoit les Dieux en déroute qui fuyent avec précipitation. En cet endroit la Déesse Opis détourne ses Lyons effrayés. Là le Souverain des Enfers précipitant à travers les flâmes les chevaux qui trainent son char, prend le chemin de la Cour Infernale avec les furies qui l'accompagnent. La terre tremble : la mer irritée fremit, boüillone & souleve ses flots. Des Dauphins effarouchés emportent le char de Neptune : le vieux Nerée lui-même à peine peut se soutenir sur son trident. Ici Pan fuit dans les forêts enlevant

enlevant une Nymphe éperdue à travers des torrens de feu. Il eſt ſuivi des Faunes, des Satyres, des Nymphes, des eaux & des bois, des Sylvains, de Flore & de Pomone qui toute en déſordre s'arrache les cheveux. On voit le char du Soleil errer ſans guide, & les heures à l'entour qui tachent envain d'arrêter les chevaux emportés par leur fougue. Dans les côtés de cette grotte au-deſſous du ceintre de la voute où s'éleve inégalement une pile de rochers les uns ſur les autres, paroiſſent les enfans de la terre, monſtrueux Coloſſes qui levent cent mains contre le Ciel. Les uns chargent des montagnes ſur leurs épaules, d'autres lancent des rochers énormes, & d'autres roulent des troncs d'arbres qu'ils ont arrachés. Vous diriez que ces monts entaſſés vont à tout moment s'écrouler ſur vous. Mais Jupiter

fait

fait éclarer son tonnere sur ces scelerats & leur lance un trait inévitable. Le champ de bataille est couvert de cadavres encore tout fumans, à demi consumés du foudre, & qui sont étendus par terre ou écrasés sous leurs rochers. Briarée qu'à son air féroce on reconnoît parmi ces Géans, accablé sous une masse épouvantable jette des regards ménaçans vers le ciel, & dans son visage mourant l'audace & la fureur respirent encore.

Que ne puis-je parcourir ici les autres merveilles de la Peinture! Divine Uranie donne-moi des ailes & promenant mon imagination d'enchantement en enchantement fait repasser devant mes yeux tous les Chef-d'œuvres du Pinceau, ceux qu'enfanta le docte Vinci, (a) si recherchés pour la correction & le

(a) Peintres Romains.

le prétieux du coloris ; ceux de Michel Ange, de Perrin, de Raphaël & du Parmesan : (*a*) Ceux du Tintorée, de Paul Veronese, des Bassans & du Titien : (*b*) Ceux du Corrége, du Dominiquin, du Guide & des trois Carraches : (*c*) Ceux de Vandik, de Rubens son Maître & des deux Teniers : Enfin ceux qu'ont produits (*d*) Holben & Albert Dure, dont l'heureux génie surmontant les dures influences de leurs climats y apporta le goût des Arts inconnus jusqu'alors à l'austerité de leur Pays. Déesse ouvre moi le Vatican, introdui-moi dans la Gallerie Farnese : qu'il me soit permis d'admirer toutes les richesses

(*a*] Peintres Venitiens.

(*b*) Peintres Lombards. Les Carraches. (Louis, Augustin & Annibal.)

(c) Peintres Flamands.

(*d*] Jean Holben, de Basle. Albert Dure, de Nuremberg.

cheſſes de la Chapelle de Sixte, (a) & de parcourir ces retraites ſacrées. Suis-je ſervi au gré de mes vœux, ou n'eſt-ce qu'une aimable illuſion! Je ſuis tranſporté au-delà des Alpes ; une grande ſçêne s'ouvre à mes yeux & repaît mes avides regards. Voici tous les prodiges éclos du Pinceau rapide de Michel Ange. Quel enthouſiaſme ! Quel feu ! Qu'elle fierté ! Quel fracas ! Quel tonnere ! C'eſt un Torrent qui ſe précipite, un Fleuve impétueux qui ſe déborde & qui roule ſes eaux avec grand bruit. Ici s'offrent les travaux d'Hercule, Ouvrage d'Annibal Carrache : Là ſa Galatée arrête mes yeux ; elle eſt traînée dans une Conque ſur la Mer, & ſe moque de l'amour inſenſé de Poliphême. En cet endroit des Bacchantes celebrent des Orgies & forment des

D danſes:

(e) La Chapelle de Sixte IV. où eſt le fameux Tableau du Jugement dernier de Michel Ange.

danſes : Là Jupiter changé en pluïe d'or ſéduit la foible Danaée. De ce côté Venus conſidere les charmes d'Adonis endormi. Non loin de-là quelle beauté de Groupes ! toute la Milice de Cythere , tous les Amours ſont raſſemblez. Je reconnois dans ces quatre morceaux, divin Titien , ta touche brillante & les agrémens de ton Pinceau. C'eſt toi qui ſçûs animer ces Tableaux de tes ſéduiſantes couleurs , & qui dans l'art de colorer ſurpaſſas preſque la nature. Tendre Albane , gratieux Guide , les jeux , les ris , tous les Amours , toutes les Graces s'empreſſent ſur vos pas : Les Amours broyent vos couleurs & préparent vos vives palettes ; les Graces trempent votre Pinceau & vous conduiſent elles-mêmes la main. Par quels charmes , docte Raphael , entraînetu mes ſens enchantés ? Que de grandes choſes tu m'offres en foule !

le ! D'un côté ton [a] Attila étonne, effraye mon esprit ; d'un autre côté ton saint Leon, par la majesté de son visage & l'auguste caractere qui brille dans tous ses traits, me frape d'amour & de respect. [b] Ici mon admiration s'épuise dans le dernier effort de ton génie. Je suis enlevé sur le Thabor. Je vois Jesus-Christ triomphant revêtu d'une vive lumiere. C'est Dieu même, c'estDieu qui paroît dans tout l'éclat de sa majesté : la gloire lui forme un diadème brillant, des éclairs sortent de ses yeux, des Anges suspendus dans les airs d'un vol leger percent

[a] Ce Tableau répréfente d'un côté Attila à la tête de son Armée, & de l'autre S. Leon suivi de son Clergé. On voit au haut S. Pierre & S. Paul soutenus en l'air. Toutes les expressions en sont admirables.

(b) Tableau de la Transfiguration, le Chef-d'œuvre de Raphaël. Il le fit par ordre du Cardinal Jule de Médicis qui devoit l'envoyer en France. Mais comme Raphaël mourut aussi-tôt qu'il l'eût achevé, on ne voulut pas en priver Rome. Il est dans l'Eglise des Cordeliers à S. Pierre in Montorio.

les nuës. Le Fils de Dieu, dans un doux raviſſement, a les bras ouverts, ſes regards brulans ſont tournez vers le Ciel, ſa robe plus blanche que la neige éblouit les yeux par ſon éclat .... Mais dans quel détail vai-je me jetter ! Pourquoi m'arrêter ſi long-tems loin de ma Patrie ! France depuis que le Pouſſin a ſçû t'apporter la Peinture qu'il avoit enlevée à l'Italie, depuis qu'il nous a tranſmis les Arts qu'il avoit derobez à Rome, tu n'as plus lieu de lui porter envie. Quelles merveilles peuvent étaler les fameuſes Loges du Vatican, le Palais Farneſe & Rome entiere, que n'égalent tes propres richeſſes ! Quels monumens peut-on nous vanter qui ſurpaſſent la magnificence de la Gallerie de Verſailles peinte par le Brun, celle de S. Cloud, & la [a] Coupe immenſe du

[a] Le Dôme du Val de Grace eſt le plus grand

du Val-de-Grace peintes par Mignard; la Gallerie du Luxembourg, Ouvrage immortel de Rubens, & celle de Fontainebleau peinte par le Primatice? Parlerai-je de ce Cloître célébre, [*a*] monument précieux de le Sueur; de l'enlevement des Sabines [*b*] ou le Poussin fait admirer la sagesse de son Pinceau, & de son Tableau de S. François Xavier ressuscitant un mort. [*c*] Citerai-je encore ces beaux Morceaux qui décorent l'Eglise des Carmelites, comme l'Annonciation du Guide qu'on voit peinte à l'entrée de l'Eglise; l'adoration des Mages peinte par Champagne, la Multiplication des pains, par Stella, l'apparition de Jesus-Christ à la Madelaine

morceau de Peinture à fresque qui soit dans l'Europe.

(*a*) Le Cloître des Chartreux de Paris.

(*b*) Ce Tableau est chez Mr Porlier, Maître des Comptes, au Temple.

(*c*) Au Noviciat des Jésuites.

delaine ſous la forme d'un Jardinier, par la Hire ; & enfin ce Tableau de le Brun, où la même Madelaine eſt repreſentée, noyée de larmes, les cheveux épars, & frapant ſa poitrine avec toutes les marques d'un vif repentir.

Plût au Ciel que le même génie qui m'inſpirant dès mon enfance fit couler dans mes veines un feu poëtique, m'eût donné quelque talent pour la Peinture, qu'uniſſant la Lyre & le Pinceau je puſſe peindre & chanter tour à tour ! Alors, ſublime Raphaël, épris des graces de ta touche, d'une aîle legere je ſuivrois ton vol. Mais Attila le ſujet odieux d'un Tableau qui n'offre que des horreurs, cet Attila la terreur de ton pinceau ne viendroit point ſous d'affreuſes couleurs retracer dans mes Tableaux ſes cruels exploits. On ne verroit point le fléau de Dieu conduiſant à une guerre

guerre impie ses troupes sacrileges. Toi nos délices, toi vertueux LOUIS, tu viendrois sous de meilleurs auspices occuper uniquement mon pinceau. Je te répresenterois le front ceint d'une Couronne de chêne, gage de ton amour pour tes Peuples, la clemence peinte dans les yeux, tenant à la main une branche d'olivier & porté dans un Char d'yvoire. Dans ce triomphe pacifique, aplaudi de tout l'Univers, tu irois fermer le Temple de Janus. L'Allemagne désarmée voleroit autour de toi, & s'accoûtumant à supporter l'éclat & la gloire de la France, elle attacheroit ses Aigles à ton Char. Le Pô quittant les lieux ou il prend sa source & les bords qu'il habite, viendroit contribuer encore à l'ornement de ton triomphe, & te soumettroit volontairement son Urne. Enfin on verroit le Léopard aprivoisé

aprivoiſé flatter tes Courſiers triomphans, marcher avec eux ſous tes rênes, & careſſer tes mains victorieuſes.

J'ay lû par ordre de Monſieur le Lieutenant Général de Police, Un Poëme ſur la Peinture, traduit du Latin, *& je crois que l'on peut en permettre l'Impreſſion, ce* 10 *Novembre* 1740. *CREBILLON.*

Vû l'Approbation, Permis d'Imprimer à Paris ce 14 Novembre 1740. DE MARVILLE.

De l'Imprimerie de la Veuve DELORMEL, ruë du Foin, à Sainte Géneviève.

www.ingramcontent.com/pod-product-compliance
Ingram Content Group UK Ltd.
Pitfield, Milton Keynes, MK11 3LW, UK
UKHW021944260726
13994UKWH00004B/1527